ÉMELINE,

OPÉRA-COMIQUE EN TROIS ACTES.

IMPRIMERIE DE E. DUVERGER,
Rue de Verneuil, n. 4.

EMMELINE,

opéra-comique en trois actes,

PAROLES DE M. E. DE PLANARD,

MUSIQUE DE M. HÉROLD.

REPRÉSENTÉ POUR LA PREMIÈRE FOIS LE 28 NOVEMBRE 1829 SUR LE THÉATRE ROYAL DE L'OPÉRA-COMIQUE.

———————<><><><><>———————

PRIX : 2 FR. 50 cent.

———————<><><><><>— · ·

PARIS.

BEZOU, LIBRAIRE,

SUCCESSEUR DE M. FAGES,

AU MAGASIN DE PIÈCES DE THÉATRE, BOULEVARD S.-MARTIN, N. 29, VIS-A-VIS LA RUE DE LANCRY.

—·—·—

1829

PERSONNAGES.	ACTEURS.
LE COMTE ARONDEL, pair d'Angleterre.	M. Damoreau.
ÉMELINE.	Mlle Prévost.
HENRI, neveu du comte, jeune officier de marine.	M. Lemonnier.
PÉVERIL, concierge du château du comte.	M. Fargueil.
Mme PÉVERIL, sa femme.	Mme Boulanger.
ROBIN, paysan.	M. Féréol.
Villageois, Piqueurs et Laquais.	

La scène est en Angleterre, au château du comte.

EMELINE.

OPÉRA-COMIQUE EN TROIS ACTES.

ACTE PREMIER.

Le théâtre représente une campagne. Au troisième plan, à gauche, une grande porte grillée qui annonce la cour du château. Au premier et au deuxième plans, avant cette grille, les murs saillans d'un pavillon avec une porte et des croisées fermées. Le toit de ce pavillon est une terrasse ornée de caisses de fleurs et d'arbustes assez élevés pour former un petit berceau sous lequel une femme peut être vue du public, et cachée aux autres personnages qui occupent, plus bas, le sol du théâtre.

SCÈNE PREMIÈRE.

PÉVERIL, DOMESTIQUES, PIQUEURS, VILLAGEOIS ET VILLAGEOISES.

(Ils arrivent tous par la grille.)

INTRODUCTION.

CHŒUR.

Allons, l'heure s'avance ;
Voici bientôt l'instant.
Suivons bien l'ordonnance
De monsieur l'intendant.

PÉVERIL *entrant et les passant en revue.*
A partir qu'on s'apprête.

CHŒUR.
Oui, monsieur l'intendant.

PÉVERIL.

Tous en habits de fête.

CHOEUR.

Oui, monsieur l'intendant.

PÉVERIL.

D'abord, les pères de famille
Doivent tous chanter en chœur.

LES HOMMES.

Amis, amis, rendons honneur,
Rendons honneur à monseigneur!

PÉVERIL.

Et puis chaque jeune fille
Doit présenter une fleur.

LES FEMMES.

Voici l'instant, rendons honneur,
Rendons honneur à monseigneur!

LES HOMMES ET LES FEMMES, *à tue-tête.*

Honneur, honneur à monseigneur!

PÉVERIL.

Une fois l'an, dans sa campagne,
Mylord daigne venir nous voir:
Jusqu'au sommet de la montagne
Vous allez tous le recevoir.

CHOEUR.

Jusqu'au sommet de la montagne
Nous allons tous le recevoir.

ENSEMBLE.

CHOEUR *s'en allant.*	PÉVERIL.
Partons, l'heure s'avance;	Partez, l'heure s'avance;
Voici bientôt l'instant.	Voici bientôt l'instant.
Suivons bien l'ordonnance	Suivez bien l'ordonnance
De monsieur l'intendant.	De monsieur l'intendant.

SCÈNE II.

PÉVERIL, MADAME PÉVERIL, *sortant du pavillon.*

MADAME PÉVERIL.

Ah! mon Dieu! quel train toute la matinée! Avez-vous
fini de faire égosiller ces braves gens?

PÉVERIL, *avec importance.*

Oui, ma femme.

MADAME PÉVERIL.

Je suis assurée qu'il faudra deux tonneaux de petite bière pour désaltérer vos chanteurs.

PÉVERIL.

C'est possible.

MADAME PÉVERIL.

Avez-vous assez bavardé avec eux! tandis que depuis notre mariage je n'ai jamais pu vous arracher trois mots de suite !

PÉVERIL.

Je suis bavard quand mon devoir l'ordonne.

MADAME PÉVERIL.

Est-ce que le premier devoir d'un mari n'est pas de causer avec sa femme ?

PÉVERIL.

Aujourd'hui je ne dis pas non. Voyons, ce pavillon est-il enfin mis en ordre ?

MADAME PÉVERIL.

Oui, les quatre petites pièces qui le composent sont rangées, meublées avec élégance; on peut se mirer dans les parquets, et vous voyez que la terrasse est ornée des plus belles caisses de notre parterre.

PÉVERIL.

La gouvernante de la jeune dame est-elle contente de ce logement?

MADAME PÉVERIL.

Je n'en sais rien. Elle y est installée : mais son rhumatisme l'a forcée de se coucher, et en voilà pour quinze jours, à ce qu'elle m'a dit.

PÉVÉRIL.

C'est à merveille.

MADAME PÉVERIL.

Grand merci pour la pauvre femme.

PÉVERIL.

Eh! non !... je veux parler de vos soins et de votre diligence.

MADAME PÉVERIL.

A la bonne heure. Mais à présent me direz - vous pourquoi ce déménagement? Mademoiselle l'inconnue avait-elle besoin de quitter les appartemens du château pour s'établir dans ce pavillon éloigné, et qui ne communique aux autres bâtimens que par la longue galerie de la bibliothèque ?

PÉVERIL.

Taisez-vous ! il vous est défendu de dire un seul mot de cette jeune personne devant milord, sous peine de nous voir, vous et moi, renvoyés de céans, ce qui s'appelle à la minute.

MADAME PÉVERIL.

Comment ?.... Et milord la verra-t-il ?

PÉVERIL.

Non ! elle doit rester enfermée et totalement inconnue pendant le temps que milord doit passer ici en sa qualité de juge-seigneur du comté.

MADAME PÉVERIL.

En voici bien d'une autre !

PÉVERIL.

Taisez-vous ! et tâchez seulement de vous rappeler ce que c'est que la volonté de sa seigneurie le lord comte Arondel, pair d'Angleterre, chevalier de tous les ordres possibles, et cætera, et cætera. Jamais, au grand jamais il n'est revenu sur la plus petite chose promise ou ordonnée par lui ; la moindre désobéissance est punie sans rémission ; il serait plus facile de remuer la tour de Londres avec le bout du doigt, que de faire fléchir milord sur ce qu'il a dit ou arrêté ; et quand il était gouverneur des Indes, ses soldats et les habitans ne l'appelaient entre eux que *barre de fer !*........ Là, j'espère que ce matin je vous en dis assez long.

MADAME PÉVERIL.

En vérité ?... Eh ! bien, j'ai à vous dire moi que ma patience est à bout, et que si vous ne me découvrez à l'instant même tout ce mystère dont je ne sais pas encore un seul mot...

PÉVERIL.

Je m'en garderai bien !

MADAME PÉVERIL.

Monsieur Péveril !...

PÉVERIL.

Madame !

MADAME PÉVÉRIL.

Vous savez que je suis colère ?

PÉVERIL.

Oui, j'ai acquis cette expérience; et dix ou douze ans de mariage m'ont rendu fort savant sur ce chapitre.

MADAME PÉVERIL.

Et malgré ces dix ou douze ans que vous me faites sonner si haut, vous êtes toujours excessivement jaloux.

PÉVERIL.

Cela doit vous flatter.

MADAME PÉVÉRIL.

Je ne vous ai pas encore donné de véritable tourment.

PÉVÉRIL.

Après ?

MADAME PÉVÉRIL.

Vous en aurez, monsieur Pévéril! vous en aurez! ou j'y perdrai toutes mes coquetteries!

PÉVÉRIL.

Bah! quand on est en fond comme vous!... Il m'en restera toujours quelqu'une.

MADAME PÉVÉRIL, *s'emportant*.

Ah! j'en deviendrai folle! la curiosité m'étouffe! je n'en puis plus! j'ai perdu le sommeil, je dépéris depuis six mois, il faut en finir. Parlez, parlez, vous dis-je, ou malgré toutes les sottises que l'officier public me fit jurer le jour de ma noce, je suis capable de vous battre avec un plaisir sans pareil.

PÉVÉRIL.

Adieu, mon amour !

MADAME PÉVÉRIL, *l'arrêtant*.

Non, non, décidez-vous sur l'heure.

DUO.

MADAME PÉVÉRIL, *très vite*.

Le sort de cette étrangère
Qu'on vous a conduite ici,
N'est-il pas un grand mystère
Dont vous êtes éclairci ?

PÉVÉRIL, *froidement*.

Oui.

2

MADAME PÉVERIL.

Oui?...

PÉVERIL.

Oui.

MADAME PÉVERIL.

Ce secret je le réclame,
Et mon droit le veut ainsi,
Ne suis-je pas votre femme?
N'êtes-vous pas mon mari?

PÉVERIL, *soupirant.*

Oui!

MADAME PÉVERIL.

Oui?....

PÉVERIL.

Oui!....

MADAME PÉVERIL

Eh bien! de votre silence
Je demande là raison;
J'attends votre confidence :
Parlez, et plus de façon.

PÉVERIL.

Non.

MADAME PÉVERIL.

Non!...

PÉVERIL.

Non.

MADAME PÉVERIL.

Quoi! l'on ne veut pas se rendre
Au devoir, à la raison!
Et je ne puis rien apprendre,
Moi, maîtresse de maison!

PÉVERIL.

Non.

MADAME PÉVERIL.

Non!...

PÉVERIL.

Non.

ENSEMBLE.

MADAME PÉVERIL.	PÉVERIL.
Quoi c'est ainsi qu'on m'outrage!	Le devoir ici m'engage;
Et qu'on blesse mon honneur?	Pourquoi cet accès d'humeur?
Savez-vous combien j'enrage?	Pour parler je suis trop sage;
Quel dépit est dans mon cœur?	Calmez-vous, mon petit cœur.

PÉVERIL.

Sans adieu, ma douce amie.

MADAME PÉVERIL, *avec une douceur maligne.*

Un seul mot, je vous supplie.

- PÉVERIL.

Dépêchons, voyons, eh bien?

MADAME PÉVERIL.

Si vous ne me dites rien,
Vous écouterez, je pense,
Une demi confidence
Qui vous intéresse?

PÉVERIL.

Eh! bien?

MADAME PÉVERIL.

Vous vous souvenez, j'espère,
Du berger mon grand cousin?

PÉVERIL, *s'animant.*

Qui? ce fripon de Robin?

MADAME PÉVERIL.

Oui, mon grand cousin Robin.

PÉVERIL.

J'ai chassé le téméraire;
Il vous faisait trop la cour.

MADAME PÉVERIL.

Apprenez qu'avec mystère
Il est ici de retour.

PÉVERIL, *vivement.*

De retour?

MADAME PÉVERIL.

Oui, de retour.

PÉVERIL, *vite.*

Pour le fond de l'Angleterre
Le coquin était parti;
Se peut-il qu'avec mystère
Il soit de retour ici?

MADAME PÉVERIL, *froidement.*

Oui.

PÉVERIL.

Oui!...

MADAME PÉVERIL.

Oui.

PÉVERIL.

Et vous l'avez vu, madame,
Malgré l'ordre d'un mari !
Est-il, auprès de ma femme,
Revenu rôder ici?

MADAME PÉVERIL.

Oui!

PÉVERIL.

Oui.

MADAME PÉVERIL.

Oui.

PÉVERIL.

Mais vous avez, je l'espère,
Bien puni sa trahison?
Et vous l'aurez, en colère,
Éloigné de la maison?

MADAME PÉVERIL.

Non.

PÉVERIL.

Non!

MADAME PÉVERIL.

Non.

PÉVERIL.

Ah! je veux sans plus attendre,
De ce tour avoir raison;
Et de vous je vais apprendre
Où se cache le fripon.

MADAME PÉVERIL.

Non!

PÉVERIL.

Non.

MADAME PÉVERIL.

Non.

ENSEMBLE.

PÉVERIL.	MADAME PÉVERIL.
Quoi! c'est ainsi qu'on m'outrage!	Moi, je reçois son hommage
Et qu'on blesse mon honneur!	Avec une douce humeur;
Savez-vous combien j'enrage!	Ah! je vous croyais plus sage,
Quel dépit est dans mon cœur!	Calmez-vous, mon petit cœur.

PÉVERIL, *vivement et regardant à sa montre.*

Oh ciel! comme le temps s'écoule dans un entretien conjugal!... il suffit, madame!... nous en reparlerons!... Et ce pavillon que je n'ai pas encore visité!... Et la jeune personne qu'il y faut installer!... Ah! mon dieu! comme si l'arrivée de milord ne me donnait pas assez d'affaires! il ne me manquait plus que le retour de M. Robin! (*Il entre dans le pavillon.*)

SCÈNE III.

MADAME PÉVERIL, *seule.*

Oh! il a beau dire! ce Robin qui le tracasse est rusé comme un vieux renard : je veux le mettre à la piste du secret qu'on me cache, et s'il vient me l'apprendre, oh! ma foi! monsieur Péveril, gare l'excès de ma reconnaissance!

SCÈNE IV.

MADAME PÉVERIL, ROBIN.

ROBIN, *sortant de derrière un buisson.*
Quand ça vous fera plaisir, ma cousine.

MADAME PÉVERIL, *vivement.*
Ah! te voilà, mon ami Robin!

ROBIN, *toujours avec l'air innocent et d'un ton doucereux.*
Oui, hier au soir, quand nous nous sommes aperçus de loin, je n'ai pas pu m'arrêter, j'étais pressé; mais vous m'avez fait un tour de tête qui disait : Mon petit, tu viendras demain? Et moi je comprends tout d'abord les invitations des cousines, quand les cousines sont à mon caprice.

MADAME PÉVERIL.
Ah! que tu es gentil! je brûlais de te voir.

ROBIN.
Oh! ça ne dois pas vous étonner, j'en ai fait brûler bien d'autres.

MADAME PÉVERIL.
Ne perds pas un mot de ce que je vais te dire.

ROBIN.
Ah! ne vous donnez pas la peine, je sais ce que vous voulez.

MADAME PÉVERIL.

Déjà ?

ROBIN.

Oui, j'étais caché derrière ces branches, et j'ai entendu les douces paroles que vous avez débitées à ce bon monsieur Péveril.

MADAME PÉVERIL.

Eh quoi! tu sais qu'une jeune inconnue?...

ROBIN.

Pardi! sûrement, puisque c'est à cause d'elle qu'on m'a rappelé dans le pays.

MADAME PÉVERIL.

Rappelé? et qui?

ROBIN.

Vous savez bien? Le baronnet Wilson, dont la terre touche à votre parc.

MADAME PÉVERIL.

Qui? ce jeune étourneau qui poursuit toutes les jeunes filles des environs?

ROBIN.

C'est ça. Quand j'étais chez vous maître berger, il m'a fait gagner de bonnes guinées, voyez-vous. Il venait causer au pâturage; Robin, mon ami, me disait-il, quelle est donc cette fraîche fermière qui demeure là-bas? et cette petite bergère que tu faisais enrager ce matin? et la fiancée du gros jaket se marie-t-elle par amour?... et moi, le lendemain, après avoir un peu rôdé, je lui répondais ci, je lui répondais ça, enfin ce qu'il fallait, car il était toujours content de mes réponses. Oh! c'est un seigneur bien aimable.

MADAME PÉVERIL, *impatiente.*

Et que me fait tout cela?

ROBIN.

Attendez-donc. Le baronnet, dans ses promenades, a rencontré la dame qui vous empêche de dormir; il a voulu la saluer, lui parler : un regard fier lui a coupé la parole; enfin elle ne s'écarte plus d'ici; elle s'enfuit dès qu'il paraît de loin, tout cela l'a rendu fou, et il a dit en désespéré : qu'on aille me chercher l'ami Robin! il n'y a que lui qui puisse me tirer de là.

MADAME PÉVERIL.

Eh bien?

ROBIN.

Oh bien! me voilà, et je vais travailler.

MADAME PÉVERIL.

Ah! quelle joie si tu peux réussir!

ROBIN.

Oh! que oui, je réussirai. La ruse... c'est dans le sang, voyez-vous : et l'histoire ancienne de notre village dit que je suis un échappé de Normandie en France.

MADAME PÉVÉRIL.

Toi?

ROBIN.

Oui; le bon roi Guillaume avait amené dans ce pays de beaux hommes d'armes, et une de mes grandissimes grand-mères qui était fort jolie!... Mais ça ne me regarde pas. Je voulais seulement vous assurer que pour l'adresse je suis de bonne race. Et d'ailleurs, souvenez-vous de ma chanson.

COUPLETS.

Sur le haut de la tourelle,
Voyez ce petit garçon,
Qui va prendre une hirondelle
Dans son nid, sous le donjon!...
Sur la cime de ce chêne
Le voilà qui se promène,
Sans songer à la hauteur;
De son œil qui toujours guette,
Il poursuit une fauvette....
C'est le fils à Robinette,
C'est Robin le dénicheur.

A présent, sous le feuillage
Voyez-vous ce grand garçon?
Aux commères du village
C'est lui qui donne leçon;
Les secrets du voisinage,
Les caquets, le bavardage
Font sa joie et son bonheur;
Comme il prit mainte fauvette,
Il surprend une fillette!...
C'est le fils à Robinette,
C'est Robin le dénicheur.

Ah! mon dieu! oui; c'est un métier tout comme un autre, ma brave dame Péveril, et un de ces jours, quand j'aurai le temps, je vous dénicherai vous même.

MADAME PÉVERIL.

Eh ! tais-toi, imbécille ! et songe bien plutôt....

ROBIN.

Chut..! voici quelqu'un.

MADAME PÉVERIL, *surprise*.

Ah ! quel est ce jeune officier ?

SCENE V.

LES MÊMES, HENRI.

HENRI, *avec politesse*.

Bon jour, madame.

MADAME PÉVERIL.

Monsieur.....

ROBIN, *saluant jusqu'à terre*.

Mon général !.....

HENRI.

Je voudrais parler au concierge du château.

MADAME PÉVERIL.

Je suis sa femme, monsieur.

ROBIN.

Sa douce et digne femme, oui, milord.

HENRI.

Pardon, madame, je n'ai pu faire encore connaissance
avec vous puisque monsieur Péveril a refusé, hier au soir,
de me donner l'hospitalité dans le château de mon oncle.

MADAME PÉVERIL.

Comment !... quoi, monsieur, vous seriez le neveu de
milord ?

HENRI.

Oui, madame. J'arrive de bien loin. En débarquant en
Écosse j'avais écrit à mon oncle que j'y resterais quelques
jours, mais, hélas ! j'y cherchais des personnes qui en ont
disparu !.... Alors rien n'a retardé mon départ pour l'Angleterre, et j'ai devancé milord dans cette campagne, où il
m'avait mandé que je le trouverais à mon arrivée.

MADAME PÉVERIL, *se récriant.*

Et parce que vous avez fait plus de diligence qu'on ne croyait, monsieur Péveril a eu l'audace de ne pas vous recevoir !

ROBIN, *toujours l'air innocent.*

Ils sont tous comme ça quand ils ont une femme avenante. L'an passé j'ai aussi été mis à la porte, moi.

HENRI.

Oh ! monsieur Péveril avait une consigne. Il m'a fait lire cette phrase, écrite par son maître: « j'ordonne expressé- « ment que personne au monde ne soit reçu dans mon château avant que je n'y sois arrivé moi-même. »

MADAME PÉVERIL, *bas à Robin.*

A cause de l'inconnue.

ROBIN, *lui répondant.*

Voilà.

HENRI.

Je suis donc retourné à la poste voisine où j'ai passé la nuit.

MADAME PÉVERIL.

Ah ! monsieur, quel oncle terrible vous avez là avec ses ordres et sa sévérité !

HENRI.

Oh ! cela est vrai. Avec lui, malheur à qui ne sait pas obéir. Mais que d'honneur, de bravoure, de talens et de bienfaisance ! Je lui dois tout, mes amis. Sa sœur, ma courageuse mère, avait accompagné son époux qui commandait un régiment au-delà des mers; ils y périrent tous deux; j'avais à peine huit ans; et quel eût été mon sort sans la générosité de mon oncle !

ROMANCE.

Sur une lointaine plage,
Sans secours, triste orphelin !
Pour soutenir mon jeune âge
Nul ne me tendait la main.
Mais un soir, d'une nacelle,
S'élance un riche seigneur
Qui me dit : viens, je t'appelle !...
Viens pauvre enfant de ma sœur !

A son tour, de sa famille
Vous savez le triste sort !
De sa femme, de sa fille,
Hélas ! il pleura la mort !
Aussitôt, ami fidèle,
J'accours vers le bienfaiteur
Qui m'a dit : viens, je t'appèle....
Viens pauvre enfant de ma sœur !

ROBIN, *s'essuyant les yeux.*

Oh ! ce pauvre milord ! ça ferait pleurer, si on en avait l'habitude.

MADAME PÉVERIL, *à Henri.*

Oui, monsieur, j'ai appris vaguement tous ses malheurs : milady et son enfant habitaient toujours Londres et ne sont jamais venus ici.

HENRI.

Je n'ai pu les connaître non plus. Voici la première fois que je viens en Angleterre. Un seul voyage en Écosse il y a deux ans.....

MADAME PÉVERIL.

Pardon, monsieur, je ne songe pas que vous attendez mon mari.....

HENRI, *la retenant.*

Ah !.... un mot encore, je vous prie.

MADAME PÉVERIL.

Avec plaisir.

ROBIN.

Quand on est affable comme milord !...

HENRI.

Ma curiosité vient d'être fortement excitée tout à l'heure.

MADAME PÉVERIL.

En ce cas-là, monsieur, nous pouvons discourir ensemble et nous nous entendrons, je vous assure.

HENRI.

En traversant le parc, au détour d'une allée, je viens d'apercevoir une dame dont la taille élégante et la tournure distinguée.....

MADAME PÉVERIL.

J'en étais sûre !

ROBIN, *à part.*

Oh ! s'il voulait soupirer aussi, celui-là !

HENRI.

Pardonnez ma folie, mais cette apparition d'un instant m'a causé une émotion !...

MADAME PÉVERIL.

Ah ! mon dieu ! déjà amoureux ?

HENRI.

Non pas d'elle, madame ! Mais dois-je vous l'avouer, sa démarche si gracieuse m'a rappelé soudain celle d'une autre jeune femme à qui mon cœur appartient à jamais.

ROBIN, *saluant.*

Ah !... si mylord a besoin de mes services....

MADAME PÉVERIL.

Et vous a-t-elle vu ?

HENRI.

Non ; je n'ai point osé distraire sa rêverie ; un grand chapeau me dérobait ses traits. Mais je vous prie de me dire...

MADAME PÉVERIL.

Ah ! mon cher monsieur ! si cette nymphe de nos parages a fait palpiter votre cœur, il y a bien plus long-temps qu'elle me fait tourner la tête à moi !

ROBIN.

Oh ! c'est vrai ! l'aventure est jolie à faire plaisir.

HENRI.

Comment !... une aventure, dites-vous ?

MADAME PÉVERIL, *en confidence et avec dépit.*

Oui, monsieur, une jeune dame arrivée la nuit dans les jardins, que monsieur Péveril a couru recevoir chapeau bas, comme une duchesse, que l'on environne de soins, d'hommages, de prévenances, et dont je ne puis encore savoir le nom, le sort, ni la famille !

HENRI.

C'est singulier !

ROBIN.

C'est amusant !

MADAME PÉVERIL.

Insupportable !

TRIO.

TOUS TROIS.

Quelle est donc cette étrangère
Qui se cache ainsi de tous ?
Pour savoir un tel mystère
Tous les trois unissons-nous.

HENRI.

Elle est jolie ?

MADAME PÉVERIL.

Elle est charmante.

HENRI.

L'air distingué ?

MADAME PÉVERIL.

Grace touchante.

HENRI.

Et le ton noble ?

MADAME PÉVERIL.

Ah ! très décent !

ROBIN.

La pauvre enfant ! que c'est touchant !

TOUS TROIS.

Quelle est donc cette étrangère
Qui se cache ainsi de tous ?
Pour savoir un tel mystère
Tous les trois unissons-nous.

MADAME PÉVERIL, *regardant au pavillon.*

Mon mari !... fesons silence !

ROBIN, *se sauvant, à madame Péveril.*

Bonjour, bonjour, et bonne chance.

SCÈNE VI.

HENRI, MADAME PÉVERIL, PÉVERIL.

(Le trio continue.)

PÉVERIL, *sur la porte du pavillon.*

Allons ! encore le neveu !

MADAME PÉVERIL, *bas à Henri.*

Silence ! et cachons notre jeu.

PÉVERIL, *à part.*

Oh ! ciel ! et j'attends la petite!..
Il faut l'éloigner au plus vite.

HENRI, *à Péveril.*

Ce matin serai-je accueilli?

PÉVERIL.

Y pensez-vous, encore ici?...
Voyez là haut tout le village
Rangé pour attendre mylord.

HENRI.

Je cours me joindre à leur hommage
Et les faire crier bien fort.

MADAME PÉVERIL, *avec empressement.*

Je vais vous mettre sur la route,
Le bois est rempli de détours.

PÉVERIL, *à sa femme.*

N'allez pas loin.

MADAME PÉVERIL.

Eh ! non, sans doute.

HENRI.

Venez, venez.

MADAME PÉVERIL, *lui répondant à part.*

Causons toujours.

EN TRIO.

HENRI ET MADAME PÉVERIL, *en sortant.*	PÉVERIL, *à part, sur le devant.*
Quelle est donc cette étrangère	Cachons bien ma prisonnière
Qui se cache à tous les yeux?	Aux regards des curieux;
Pour savoir un tel mystère	Ah ! combien un tel mystère
Il faut nous unir tous deux.	Est pénible pour nous deux.

SCÈNE VII.

PÉVERIL, *seul.*

Cette pauvre enfant ! avec quelle résignation elle a reçu
par moi les ordres de milord !... Nos entretiens me fendent
le cœur. Elle croit que j'ignore qui elle est, et cela nous
embarrasse étrangement tous deux. Il faut pourtant que
j'aille mettre un terme à sa promenade... La voici, elle pré-
vient mes vœux.

SCENE VIII.

PÉVERIL, ÉMELINE, *qui arrive les yeux baissés, rêvant profondément.*

EMELINE.

Pardon, Monsieur Péveril, je ne vous voyais pas.

PÉVERIL, *respectueusement et avec intérêt.*

J'allais au-devant de notre aimable miss.

EMELINE.

Me serais-je donc fait attendre ?... c'est sans le vouloir, je vous assure. Comme de long-temps il ne me sera plus permis de parcourir cette belle campagne, j'ai voulu revoir les fleurs qui décorent vos jardins.

PÉVERIL, *lui montrant la terrasse.*

Vous en trouverez sur cette terrasse que j'ai fait orner le mieux que j'ai pu.

EMELINE.

Que vous êtes bon !... est-il temps que j'entre dans ce pavillon, et que la porte s'en referme sur moi ?

PÉVERIL.

Bientôt. Mylord va être ici.

EMELINE, *étouffant un soupir.*

Monsieur Péveril, j'ai encore une clé de la bibliothèque; ne puis-je la garder ?

PÉVERIL.

J'ignore si votre prudence...

EMELINE.

Oh ! ne craignez rien !

PÉVERIL.

Je ne saurais vous refuser; mais du moins, avant de parcourir la grande galerie, avant de pénétrer dans la bibliothèque, assurez-vous bien si monseigneur en est loin.

EMELINE.

Moi, m'exposer à sa vue !... hélas ! que ma frayeur vous rassure!

PÉVERIL, *avec timidité.*

Vous redoutez donc bien sa présence ?

EMELINE.

Ah ! si je pouvais répondre à vos questions ! si les ordres

les plus sévères ne venaient m'interdire de confier mon
secret à qui que ce soit au monde!...

PÉVERIL.

Miss Émeline doit croire du moins qu'aucun désir curieux...

EMELINE.

Non, oh! je vous rends justice, et vous ne voudriez
connaître mes peines que pour tâcher de les adoucir. Ah !
monsieur Péveril! si vous saviez qui je suis !... pourquoi
ne puis-je pas vous le dire !

PÉVERIL, *avec crainte et intérêt.*

Et si cette confidence m'était inutile ?...

EMELINE, *étonnée.*

Comment !...

PÉVERIL.

Ma discrétion, mon respect ne vous disent-ils pas que je
suis instruit plus que vous ne pensez ?

EMELINE, *vivement.*

Qu'entends-je !

PÉVERIL.

Le hasard ne peut-il pas m'avoir découvert le mystère
qu'on vous ordonne de cacher ?...

EMELINE, *s'écriant.*

Vous connaissez mon sort !...

PÉVERIL.

Calmez-vous !

EMELINE, *très vivement.*

Je ne puis !

FINAL.

EMELINE, *très animée.*

Ah! de ma triste vie
Vous savez le malheur!
De mon ame flétrie
Écoutez la douleur !
En secret, en silence
J'ai si long-temps gémi !
Partagez ma souffrance!
Que je trouve un ami !

PÉVERIL.

On vient ! de la prudence!

EMELINE.

Vous savez mon malheur!

PÉVERIL.

Ah! ciel! faites silence!

EMELINE.

Écoutez ma douleur!

PÉVERIL.

Écoutez l'espérance.

EMELINE.

Quoi! vous parlez d'espoir!

PÉVERIL, *regardant dans le lointain.*

C'est mylord qui s'avance!

EMELINE.

Quoi! je ne puis le voir!

PÉVERIL.

Ah! calmez cette envie!

EMELINE.

Oh! trop sévère loi!

PÉVERIL.

Entrez, je vous supplie!

EMELINE.

Prenez pitié de moi!

PÉVERIL.

Tantôt j'irai, j'espère,
En secret vous revoir!

EMELINE.

Est-il vrai?

PÉVERIL.

Je l'espère.

EMELINE.

Écoutez ma prière!
A ce soir?

PÉVERIL.

A ce soir.

ENSEMBLE.

EMELINE, *entrant au pavillon.*	PÉVERIL.
Ah! de ma triste vie Vous savez le malheur! De mon ame flétrie Écoutez la douleur!	Ah! des maux de la vie Supportez la douleur! Et le ciel, que je prie, Vous rendra le bonheur.

SCÈNE IX.

LE COMTE, *prenant des papiers qui lui sont remis par plu-sieurs paysans ; à peine entré, il jette des regards tristes et furtifs sur le pavillon dont les croisées sont fermées par des jalousies.* **PÉVERIL, HENRI, MADAME PÉVERIL, VILLAGEOIS, VILLAGEOISES, VALETS, ROBIN, ÉMELINE,** *paraissant plus tard.*

CHŒUR, *en entrant.*

Milord, recevez notre hommage ;
Vous le savez, il part du cœur.
Que nos chants pour vous soient le gage
De nos vœux pour votre bonheur.

HENRI, *au comte.*

Comme le père le plus tendre,
Je vois qu'ils aiment leur seigneur.

LE COMTE.

Oui, je retrouve à les entendre
Encore un instant de bonheur.

PÉVERIL *s'inclinant.*

Milord!...

LE COMTE *lui tendant la main.*

Bon jour, ami fidèle.

(*il le tire à part.*)

ROBIN, *alongeant un bras dans le feuillage et tirant mad. Pé-veril par sa robe.*

St!...

Mme PÉVERIL, *à voix basse.*

Te voilà?

ROBIN.

Me voici.

Je fais mes remarques d'ici.

LE COMTE, *bas à Péveril.*

Le soin commis à votre zèle ?....

PÉVERIL, *lui répondant.*

En tout milord est obéi.

Mme PÉVERIL, *bas à Henri.*

Voyez-vous, il lui parle d'elle.

HENRI.

Vous croyez qu'il lui parle d'elle?

4

ÉMELINE, *paraissant sous les arbustes de la terrasse. Elle n'est vue que du public.*

Ah ! je pourrai le voir d'ici !

HENRI, *près de son oncle.*

Qu'en ce jour mon cœur est ravi !

ÉMELINE, *voyant Henri.*

Oh ciel ! qui vois-je auprès de lui !

LE COMTE, *à part, avec un soupir, regardant le pavillon.*

Si près de moi ! ... Fuyons d'ici !

ENSEMBLE GÉNÉRAL.

CHŒUR.

Milord, recevez notre hommage,
Vous le savez, il part du cœur ;
Que nos chants pour vous soient le gage
De nos vœux pour votre bonheur !

LE COMTE, *aux villageois, désignant les papiers qu'il tient.*

Je vois que pendant mon absence
Des procès vous ont désunis ;
Mais j'espère par ma présence,
Bientôt vous rendre tous amis.

CHŒUR.

Oui, monseigneur, votre présence,
Bientôt nous rendra tous amis.

LE COMTE.

Vous savez que tout le village
Ce soir doit rester au château.

CHŒUR.

Et tous les ans un tel usage
Pour nous est un plaisir nouveau.

LE COMTE, *bas à Péveril.*

Surtout, Henri ne l'a point vue?

PÉVERIL, *lui répondant.*

Non, j'ai su l'éloigner d'ici.

ÉMELINE, *sur la terrasse.*

Hélas ! que mon ame est émue!

LE COMTE, *à part, regardant le pavillon.*

Si près de moi,... Fuyons d'ici.

Mme PÉVERIL, *bas à Robin, caché dans le feuillage.*

Adieu, petit oiseau joli.

ENSEMBLE GÉNÉRAL.

Milord, recevez notre hommage, etc.

LE COMTE, *à part.*

Entrons, sans tarder davantage ;
Je sens, je sens battre mon cœur.
J'ai besoin de tout mon courage.
Plus d'espoir et plus de bonheur !

HENRI, *désignant son oncle.*

Pour lui qu'il est doux cet hommage,
Et comme il doit toucher son cœur !
Sur ses traits pourtant un nuage
Semble, hélas! prouver le malheur.

ÉMELINE, *sur la terrasse.*

Ah! ciel! Henri de ce voyage !
Je sens, je sens battre mon cœur.
J'ai besoin de tout mon courage !
Plus d'espoir et plus de bonheur !

PÉVERIL, *à part, désignant le pavillon.*

Elle est près de nous, je le gage,
A soupirer avec douleur;
Ah! combien je plains son jeune âge,
Pauvre enfant, quel est son malheur !

Mme PÉVERIL, *à part, près de Robin.*

Toujours guettant sous le feuillage.
Voilà Robin, le dénicheur;
Sois prudent, mais avec courage,
Du secret rends-toi possesseur.

ROBIN, *à part, à Mme Péveril.*

C'est moi, le voilà sous l'ombrage,
Robin, votre humble serviteur.
J'en saurai ce soir davantage ;
Fiez-vous au grand dénicheur.

(*Tous entrent au château, sauf Emeline qui reste sur la terrasse, et Robin qui traverse le théâtre presqu'à plat ventre et s'enfonce dans le bois. Le rideau se baisse.*)

FIN DU PREMIER ACTE.

ACTE SECOND.

Le théâtre représente une vaste bibliothèque. Une porte latérale à gauche, qui est censée ouvrir la galerie qui communique au pavillon d'Émeline; à droite, une autre porte qui est celle de la chambre du comte. Dans le fonds, trois grandes portes qui restent ouvertes pendant toute la durée de l'acte, et à travers lesquelles on voit les arbres et les fleurs d'un grand jardin. La salle est meublée; un grand fauteuil avec coussins et un tabouret de pieds près d'une table à gauche de l'acteur, et sur laquelle on voit une corbeille remplie de livres. A droite, une autre table pareille avec écritoire, plumes, papiers. Le jour commence à baisser, et peu à peu un clair de lune s'établit à travers les arbres du jardin.

SCÈNE PREMIÈRE,

ROBIN, *qu'on voit arriver avec précaution du fond du jardin.*

RONDEAU.

Dès que le jour sombre
S'efface dans l'ombre,
L'esprit de Robin
Se remet en train.
Comme un chat sauvage,
Dont j'ai pris l'usage,
Et dont l'œil reluit,
J'y vois mieux la nuit.

(Désignant la porte latérale à gauche.)

Voilà bien la porte,
Qu'il faut faire en sorte
D'ouvrir à mes gens,
Que bientôt j'attends.

(Il pousse la porte.)

Ah!... la clef derrière!...
Comment vais-je faire?...

(Il réfléchit.)

Je ne trouve rien!...

(Regardant dehors.)

Ah! je le crois bien!
Le soleil encore
D'un rayon colore

Les bois d'alentour,
Il fait encor jour!...
Et je le répète,
Je suis toujours bête,
Tant que le jour luit....
Attendons la nuit,
Attendons la nuit....
Ce n'est que dans l'ombre,
Quand il fait bien sombre,
Que l'ami Robin
A l'esprit malin.

Monsieur le baronnet Wilson aurait été un bien mauvais berger : il n'a point de patience. Quand je suis allé lui dire que la jeune dame était en prison, il s'est écrié tout de suite : Ah! que c'est heureux! une victime! une innocente persécutée! Elle va m'adorer! vite, un enlèvement!... Allons, Robin! allons, mon garçon!... Eh bien! cette commission m'a souri tout d'abord, parce qu'un enlèvement je n'en ai pas encore trouvé sur mon chemin, et quand on aime son état, cela flatte toujours de faire des progrès; et puis je trouvais la chose si facile! D'ordinaire cette longue galerie n'est pas fermée à la clé; une fois au pavillon, on ouvrirait en dedans la porte qui donne sur la campagne, et au grand galop avec la belle!... ça irait comme un charme. Mais jarni! comment pénétrer dans cette galerie! (*Près de la porte.*) C'est que la serrure est forte! je n'ose pas faire de bruit, et je ne sais comment... (*Se reculant.*) Hein!... j'entends quelqu'un là-dedans... Eh! oui, dieu me pardonne! la clé remue dans la serrure... Ah! voyons un peu ça! (*Il se cache en dehors d'une porte du jardin.*)

SCÈNE II.

ROBIN, *caché*, ÉMELINE, *entrant par la galerie. Elle referme doucement la porte après en avoir mis la clé en dedans.*

ÉMELINE.

ROMANCE MÊLÉE D'AUTRE CHANT.

RÉCITATIF.

Personne heureusement! suivant mon espérance,
Milord est au milieu de tous ses villageois.
Profitons du moment, et prenons en silence
Ce portrait, que mes pleurs ont baigné tant de fois.

(Elle désigne la porte latérale qui est celle d'une chambre.)
Entrons.... je tremble, je balance!

PREMIER COUPLET.

De me bannir puisqu'il a le courage,
S'il me défend de paraître à ses yeux,
Ah! chaque jour je veux à son image
Offrir, du moins, ma tendresse et mes vœux!

(Elle entre dans la chambre.)

ROBIN, *emportant vite la clef.*

Oh! comme dans cette aventure
Le sort seconde mes talens!
La nuit sera bientôt obscure :
Eh! vite! allons chercher mes gens.

(On le perd de vue dans les arbres du jardin.)

SCÈNE III.

ÉMELINE, *seule, revenant avec un portrait qu'elle pose sur la table à gauche, près de la corbeille remplie de livres.*

RÉCITATIF.

Ces livres charmeront aussi ma solitude.
Hier on les a choisis pour moi.

(Elle écoute un instant.)

Hélas! l'amour ajoute à mon inquiétude!
Henri! si tu savais que je suis près de toi!

DEUXIÈME COUPLET.

Bois écossais, sur votre heureux rivage,
De mon ami j'attendais le retour.
Si près de moi!... Pourquoi mon esclavage
N'est-il donc pas deviné par l'amour!

(Remontant le théâtre.)

J'entends marcher!... je vois de la lumière dans cette
allée!... Rassurons-nous, c'est monsieur Péveril.

SCÈNE IV.

ÉMELINE, PÉVERIL, *arrivant par le fond à droite, et tenant deux flambeaux qu'il pose sur la table du même côté; il y pose aussi des papiers.*

PÉVERIL.

Ciel! vous ici, mademoiselle!

ÉMELINE.

Ah! ne me grondez pas! j'allai m'enfuir, mais je vous ai reconnu.

PÉVERIL.

Ce hasard est favorable, il en faut profiter. Impossible de me rendre au pavillon; et pour juger si mon zèle peut vous servir, je vous supplie de me dire à la hâte ce qui a pu vous attirer le courroux terrible de votre père.

ÉMELINE, *vivement.*

Ah! répétez ce mot que l'on me défend de prononcer! il me rappelle que je ne suis pas seule dans la nature!... Mon père!... que ce nom me semble doux, et vient retentir délicieusement au fond de mon cœur!

PÉVERIL.

De grace, calmez-vous; nous avons encore un instant. Les villageois sont à table, et milord se promène en causant avec eux. Voyons, daignez m'apprendre ce qu'on vous reproche.

ÉMELINE.

Et quoi! vous ignorez?

PÉVERIL.

Voici tout ce que je sais. Vous souvenez-vous d'un bon vieillard qui servait à Londres votre famille, et du même nom que moi?

ÉMELINE.

Ah! combien de fois il m'a portée dans ses bras!

PÉVERIL.

C'était mon oncle. Au moment de mourir il me fit venir à Londres, et, les larmes aux yeux, mon ami, me dit-il, tu es un serviteur aussi fidèle que moi; je vais te confier le malheur de nos maîtres; un jour, peut-être, tu deviendras utile à leur pauvre enfant!... Alors il m'apprit le divorce des auteurs de vos jours.

ÉMELINE.

Hélas! et vous en dit-il aussi les raisons? Je les ignore, moi, et jamais ma mère n'a voulu m'instruire...

PÉVERIL.

Écoutez. Vous connaissez milord, sa fierté, son caractère altier, tranchons le mot, son despotisme? Eh bien! votre mère, élevée par une tante impérieuse, avait les mêmes

défauts : vous jugez combien de querelles avec son époux !
Leur mésintelligence n'était déjà que trop réelle quand milord entreprit son dernier voyage des Indes. En partant il
avait ordonné à sa femme de se retirer dans une maison de
campagne avec défense expresse d'en sortir avant son retour ; mais les mauvais conseils de votre tante, ses railleries
sur l'obéissance de votre mère !... enfin milady retourna à
Londres, se fit voir à la cour, aux bals, aux spectacles, et
pour comble de malheur elle assistait à une brillante fête
chez un grand seigneur que milord détestait, le soir même
où il arriva de son voyage.

ÉMELINE, très émue.

Ah ! vous m'expliquez tout maintenant ! et cette soirée ne
sortira jamais de ma mémoire. Mon père me trouva seule.
La pâleur décomposait ses traits ; dans ses bras j'avais peur ;
il s'en aperçut, m'embrassa doucement ; ses larmes coulèrent
sur mon front, et il me dit à voix basse : Ma fille ! mon
enfant ! je t'aime avec une tendresse inexprimable ! et c'est
toi qui feras désormais tout mon bonheur !... Alors nous
entendîmes la voiture de ma mère ; il me renvoya dans mon
appartement ; une heure après on me rappela. Mon père
saisit ma main, me plaça entre ma mère et lui, et me dit
avec une grande émotion : Ma fille, vous avez quinze ans,
et votre raison est au-dessus de votre âge ; songez que vous
allez pour jamais décider de votre sort !... Ah ! quel moment
et quel souvenir !

PÉVERIL.

Achevez, je vous prie.

ÉMELINE.

AIR.

Du destin cruel qui m'accable,
Pouvais-je éviter la rigueur ?
Hélas ! suis-je donc si coupable !
Ai-je mérité mon malheur ?
   Dans ce moment suprême
   Mon père à haute voix
   Me dit qu'à l'instant même
   Mon cœur doit faire un choix.
   « Et si tu suis ta mère,
   « Dédaignant mon amour,
   « Il te faut à ton père
   « Renoncer sans retour ! »

Un cri s'échappe de mon ame!
Je tombe à ses pieds en pleurant :
Mais vainement ma voix réclame
Contre ce terrible serment.
Au milieu d'eux, dans ma misère,
Je craignais de faire un seul pas!...
Mais j'entendis pleurer ma mère,
Et je m'élançai dans ses bras!
Voilà mon crime, hélas! hélas!...
Du destin cruel qui m'accable
Pouvais-je éviter la rigueur!
Hélas! suis-je donc si coupable?
Ai-je mérité mon malheur!

PÉVERIL.

Ah! grand Dieu! que je vous plains! et puisqu'il a juré
de ne plus vous revoir!...

ÉMELINE.

Eh quoi! nulle espérance?

PÉVERIL.

Mais après cette séparation, quel fut le sort de votre
mère?

ÉMELINE.

Elle ne put supporter sa position pénible. L'estime dont
jouissait son époux attira le blâme sur elle. En possession
de toute sa fortune, elle quitta Londres pour toujours, et
m'emmena dans une campagne d'Ecosse, où elle prit le
nom de madame Delmer, et où j'ai vu sa tristesse et ses
regrets creuser lentement sa tombe. Mais ses adieux éter-
nels me donnèrent l'exemple de toutes les vertus. Un honnête homme du pays, le seul qui connût notre véritable
nom, écrivit à mon père que j'étais orpheline; il répondit
que je ne pouvais rester seule dans nos montagnes, m'en-
voya une gouvernante que vous connaissez, avec une suite
fidèle, et j'arrivai enfin dans le parc de ce château où vous
aviez, sans doute, reçu l'ordre de m'accueillir.

PÉVERIL.

Oui, comme une étrangère qui venait respirer l'air de
la campagne; mais, instruit déjà de votre sort, je de-
vinai sans peine que vous étiez la fille de mon maitre;
enfin, je sais à présent combien vous êtes innocente, et
peut-être ce voyage de votre père...

ÉMELINE.

Hélas! si près l'un de l'autre!

5

PÉVERIL.

Son cœur doit lui parler!

ÉMELINE.

Il m'aimait tant jadis !

PÉVERIL.

Ah ! si je puis !...

ÉMELINE.

Eh bien ?

PÉVERIL, *vivement.*

Ah ! bon Dieu !

ÉMELINE.

Qu'est-ce donc ?

PÉVERIL.

On vient !

ÉMELINE.

C'est votre femme !

PÉVERIL.

Ah ! craignons la bavarde !

ÉMELINE, *à la porte de la galerie.*

Je m'enfuis.

PÉVERIL.

Au plus tôt.

ÉMELINE.

Oh ciel !

PÉVERIL.

Eh bien ?

ÉMELINE.

La clé qu'en ai-je fait ?,

PÉVERIL.

Est-il possible !

ÉMELINE.

Où fuir ?

PÉVERIL, *montrant la porte à droite.*

Dans cetre chambre !

ÉMELINE.

Et pour ressortir !....

PÉVERIL.

Je renverrai ma femme.

ÉMELINE.

La voilà !

PÉVERIL.

Vite ! vite !

(Émeline entre dans la chambre.)

SCÈNE V.

PÉVERIL *ému, embarrassé et détournant son visage.* Madame
PÉVERIL, *arrivant d'un air curieux, avec malice et met-*
tant le bougeoir qu'elle tient sous le nez de son mari.

MADAME PÉVERIL.

Petit air.

Que fait donc ici
Mon petit mari ?
Quoi ! seule il me laisse
Avec ma tendresse !
Ah ! mon doux ami,
Ce n'est pas genti !
Mais sur son visage
Mon Dieu, quel ravage !
Il a, sur ma foi,
Pleuré loin de moi !...
Eh bien ! je préfère
Son regard colère ;
Il n'est rien de tel
Que le naturel.
Mais je vois sans peine
Combien je le gêne ;
Allons au jardin
Où je crois Robin....

(Péveril fait un mouvement.)

Je vois à son geste
Qu'il veut que je reste.
Oui , mon doux ami ,
Soyez obéi :
Mais il faut, de grace,
Me répondre en face...
Que fait donc ici
Mon petit mari ?
Quoi ! seule il me laisse
Avec ma tendresse !
Ah ! mon doux ami,
Ce n'est pas genti !

PÉVERIL, *avec hauteur.*

Voyons, finirez-vous vos sottes plaisanteries ? que voulez-vous ? Que venez-vous faire ici ?

MADAME PÉVERIL.

Obéir à milord, qui vous a demandé pour faire éclairer cette salle où il va se rendre avec son neveu.

PÉVERIL.

Eh mon dieu ! je savais tout cela, et vous voyez que j'ai prévenu ses désirs.

MADAME PÉVERIL.

Tenez, les voici.

PÉVERIL, *à part.*

Juste ciel ! s'il entrait dans sa chambre !

SCENE VI.

LES MÊMES, LE COMTE, HENRI.

LE COMTE, *en entrant et vivement à Henri.*

Non, vous dis-je, non, je ne saurais écouter vos folies.

HENRI.

Mon oncle, vos bontés....

LE COMTE, *voyant qu'ils ne sont pas seuls.*

Silence ! (*à Péveril et à sa femme.*) Sortez.

PÉVERIL, *à part.*

Ah! mon dieu! (*haut.*) J'ai posé là les papiers de milord, et sa seigneurie m'avait ordonné de lui rendre compte...

LE COMTE.

Oui, revenez dans quelques minutes. (*Il ôte son épée et la place sur une chaise.*)

PÉVERIL, *à part.*

Quelle situation !

MADAME PÉVERIL, *le regardant encore sous le nez avec son bougeoir.*

Oh ! la laide grimace !

PÉVERIL, *sortant en colère.*

Taisez-vous, insolente !

MADAME PÉVERIL, *le suivant.*

Grand merci.

SCÈNE VII.

LE COMTE, HENRI.

HENRI.

Mon oncle ! daignez m'entendre.

LE COMTE.

Oui, mais tâchez de vous rappeler que je suis pour vous un second père.

HENRI.

Doutez-vous de mon respect et de ma tendresse ! Quand je reçus bien loin votre fatal billet, quand vous m'écrivîtes seulement ces lignes : « La comtesse Arondel est dans la tombe, et j'ai perdu l'unique enfant qu'elle m'avait donné, » ne suis-je pas accouru vers vous ? et quand je vous ai revu....

LE COMTE, *se contraignant.*

Henri, je vous défends de me rappeler jamais ces amers souvenirs ; ne me demandez point de détails sur mes malheurs ; il me serait affreux de vous en donner ! Il est vrai, le sort m'a tout enlevé, je n'ai plus d'autre enfant que vous ; il faut un héritier à mon nom, à mes titres, à mes honneurs ; vous connaissez les usages de l'Angleterre. Vous aurez la moitié de ma fortune, le reste... j'en ai disposé. Après moi vous serez pair du royaume ; dans peu de jours je vous emmène à Londres, je vous présente au roi, et je vous marie à la jeune comtesse de Clarandon.

HENRI.

Ah ! mon noble bienfaiteur ! Pourquoi vous hâter ainsi ? Pourquoi m'accabler sitôt de tant de faveurs ?

LE COMTE.

Allez-vous encore résister à mes vœux et me parler de je ne sais quel amour qui vient s'opposer à votre fortune ?... Mais voyons, voyons, je sais qu'à votre âge on ne s'embarrasse guère de la raison ; je veux vous entendre avec patience, parlez.

HENRI.

Eh bien ! vous le savez, milord, il y a deux ans, je fus

commandé pour une longue croisière. Nous relâchâmes un instant en Écosse; j'allais me rembarquer, mais une querelle, un misérable point d'honneur... enfin je fus blessé; nous étions dans la campagne, des gardes forestiers arrivèrent, et on me transporta dans une maison voisine où je fus secouru, où je dis mon nom et où l'on voulut me garder pendant toute ma convalescence, quand on eut appris que j'étais le neveu du comte Arondel.

LE COMTE, *avec curiosité.*

Comment?

HENRI.

Oui, la dame chez qui j'étais vous avait connu : elle me parla de vous avec un souvenir d'estime et de respect.

[LE COMTE.

Et sur quel côté à peu près?

HENRI.

Près du petit port de Saint-André.

LE COMTE.

Et le nom de cette dame ?

HENRI.

Delmer.

LE COMTE, *à demi-voix.*

Qu'entends-je!

HENRI.

Quoi, milord ?

LE COMTE.

Continuez.... Elle avait une fille?

HENRI, *avec beaucoup de sensibilité.*

Un ange ! toutes les vertus et tous les charmes à la fois; la voir c'était l'aimer; nous nous séparâmes, je lui jurai de revenir, j'ai tenu ma promesse; j'ai revu les lieux charmans où je l'avais connue, mais hélas! je m'y suis trouvé seul; la mort a frappé la mère, et sa fille a disparu ! Ah! laissez-moi chercher la trace de ses pas; vous la verrez, milord, son doux regard vous attendira : si vous m'aimez comme un fils, vous lui tendrez aussi les bras, et vous serez heureux de l'appeler votre fille !

LE COMTE, *très ému et très vivement.*

Henri !.. je n'écoute plus rien.

HENRI.

Quelle agitation !

LE COMTE.

Oui, j'ai connu cette famille.

HENRI.

Eh bien ?

LE COMTE.

Jamais cette jeune fille ne peut être à vous.

HENRI.

Oh ciel !

LE COMTE.

Je vous ordonne d'y renoncer.

HENRI.

Ah ! de grace !...

LE COMTE.

Écoutez !... Écoutez bien, vous dis-je.

HENRI.

Milord !

LE COMTE.

Si cet hymen a lieu, jamais, entendez-vous, jamais je ne puis vous revoir.

HENRI.

Grand Dieu !

LE COMTE.

Choisissez.

HENRI.

Que je suis malheureux !

LE COMTE.

Et moi ! seul sur la terre !

HENRI.

Hélas !

LE COMTE.

N'aimant que vous, n'ayant que vous au monde !... Et vous m'abandonnez !

HENRI, *dans ses bras.*

Qui, moi !... Mon second père !

LE COMTE, *avec sensibilité.*

Remettez-vous, enfant!... Vos peines sont les miennes!...
On vient!... retirez-vous.

(*Il va s'asseoir près de la table à droite.*)

HENRI.

Je ne sais où j'en suis! Pourquoi cette défense? Pourquoi cette colère contre la famille de celle que j'aime?...
Ah! sa bonté me rassure; je saurai l'attendrir, et j'obtien-
drai l'aveu de ce cruel secret.   (*Il sort.*)

SCÈNE VIII.

LE COMTE, PÉVERIL.

LE COMTE, *feuilletant des papiers.*

Approchez, Péveril.

PÉVERIL.

Oui, milord. (*regardant la porte de la chambre, et à part.*) Je
suis au supplice.

LE COMTE, *lisant.*

« Albert contre Milsonn. » Quelle est cette affaire?

PÉVERIL.

Milsonn doit vingt guinées; il demande du temps; Albert
n'en peut pas donner : sa famille est nombreuse.

LE COMTE.

Et pense-t-il, le pauvre débiteur, que les procureurs
diminueront sa dette?... Empêchez-le de plaider, et donnez-
lui les vingt guinées.

PÉVERIL.

Oui, monseigneur.

LE COMTE, *feuilletant.*

« Le fermier de la Grande-Prairie... »

PÉVERIL.

Sa récolte a manqué, et il supplie votre grace...

LE COMTE.

Qu'avait-il besoin de m'écrire? il sait bien que je le
connais pour un honnête homme; ne lui demandez rien.

PÉVERIL.

J'étais sûr des bontés de milord.

LE COMTE, *feuilletant.*

« Entre Drinck et sa femme, projet de divorce !.. » *(se levant brusquement.)* Que veut dire ceci ? Je me souviens de ce Drinck ; j'ai de l'amitié pour lui ; d'où vient donc cette querelle ?

PÉVERIL.

Des méchans ont brouillé le ménage ; point de torts bien réels de part ni d'autre, mais ils sont vifs et jeunes tous les deux.....

LE COMTE, *avec émotion.*

Un mot. Dites-moi : ont-ils des enfans ?

PÉVERIL.

Oui, milord.

LE COMTE, *déchirant le papier.*

Qu'ils viennent à l'instant. Sont-ils là-bas ?

PÉVERIL.

Non, milord, ils n'ont pas voulu paraître à la fête.

LE COMTE.

Envoyez-les chercher.

PÉVERIL.

Ce soir ? mais la fatigue de votre route...

LE COMTE.

Tout de suite, vous dis-je, il ne faut peut-être qu'un moment pour que leur malheur soit irréparable.... *(allant au fauteuil à gauche où il a posé son chapeau.)* Mais je vais moi-même donner mes ordres.

PÉVERIL, *à part.*

Ah ! il va sortir enfin !

LE COMTE, *se trouvant près de la table à gauche et voyant la corbeille de livres.*

Monsieur Péveril ?

PÉVERIL.

Milord ?

LE COMTE.

Pourquoi ces livres sont-ils là ? vous savez que j'aime l'ordre dans ma bibliothèque.

PÉVERIL, *à part.*

Aïh ! aïh !

LE COMTE, *trouvant le portrait.*

Que vois-je ! et ce portrait qui était dans ma chambre, pourquoi le trouvé-je ici ?

PÉVERIL.

Monseigneur, c'est que...(*à part.*) Du courage, essayons.

LE COMTE.

Eh bien ?

PÉVERIL.

C'est ma femme, milord, qui a choisi ces livres pour la jeune dame du pavillon.

LE COMTE, *après un silence.*

Et mon portrait?

PÉVERIL.

On devait aussi le porter dans le pavillon. La jeune dame le regardait chaque jour ; et dans sa solitude, elle désire en faire une copie.

LE COMTE, *essuyant une larme et prenant un livre dans la corbeille.*

Il suffit. Allez faire ce que je vous ai dit.

PÉVERIL, *désespéré.*

Milord ne veut plus sortir ?...

LE COMTE.

Allez donc !

PÉVERIL, *en sortant et à part.*

Bon Dieu! quelle soirée pour cette pauvre enfant !

SCÈNE IX.

LE COMTE, *seul, feuilletant les livres.*

CHANT.

COMMENCEMENT DU FINAL:

Des romans! de vaines chimères !
Pour gâter le cœur et l'esprit!

SCÈNE X.

LE COMTE, *assis sur le devant de la scène.*
ROBIN, *sur la porte du jardin.*

ROBIN.

Je vois encore des lumières,
Mais je n'entends plus aucun bruit.

LE COMTE, *jetant les livres.*

Encor ?

ROBIN, *l'apercevant.*

Aih! aih! voilà le maître!

LE COMTE.

A la place, je puis, peut être...
Dans ma chambre, je crois, j'ai l'ouvrage qu'il faut.

(Il prend une bougie et entre dans la chambre.)

SCÈNE XI.

ROBIN, *ouvrant vite la porte de la galerie en appelant
dans le jardin trois valets qui paraissent et entrent dans la
galerie.*

St.! st.! et sans dire un seul mot!
Je vous ai dit ce qu'il faut faire;
Et quand tout dormira...

LE COMTE, *dans la chambre.*
Ciel !

ÉMELINE, *poussant un cri.*
Ah!

ROBIN, *s'enfuyant sans refermer la galerie.*

Du bruit! bonsoir.

(Il se sauve.)

SCÈNE XII.

LE COMTE, ÉMELINE.

LE COMTE, *reparaissant.*

Grands dieux !

ÉMELINE, *le suivant.*
Grace! grace! mon père!
LE COMTE.

Silence !

ÉMELINE.
Ah! je tombe à genoux!
LE COMTE.

Ah! ciel !

ÉMELINE.

Écoutez ma prière !

LE COMTE.

Levez-vous !

ÉMELINE.

Hélas!

LE COMTE.

Levez-vous !

ÉMELINE, *avec effort.*

Je ne puis...

LE COMTE.

Malgré ma défense !...

ÉMELINE.

Hélas! ma place est près de vous!

LE COMTE.

Point de cris! sortez en silence !

ÉMELINE.

O Dieu ! calmez ce grand courroux !

LE COMTE.

Laissez-moi , fuyez, je l'ordonne !

ÉMELINE, *chancelant.*

Ah! que mon père me pardonne!

LE COMTE.

Fuyez!

ÉMELINE, *faiblement.*

Ah! quel froid dans mon cœur!

LE COMTE.

Dieux! sur son front quelle pâleur!

ÉMELINE, *tombant dans ses bras.*

Je meurs!

LE COMTE.

Eh quoi! sans connaissance !
Mon cœur se brise! oh! quel moment!...

SCENE XIII.

LES MÊMES, HENRI, MADAME PÉVERIL.

HENRI *et* MADAME PÉVERIL, *accourant.*

Ici quels cris se font entendre?

LE COMTE.

Au jour hâtez-vous de la rendre!

HENRI, *reconnaissant Émeline.*

Oh! ciel! qui vois-je dans vos bras!
Émeline!...

LE COMTE.

Parle plus bas!

HENRI.

Émeline! oh! toi que j'adore!...

MADAME PÉVERIL.

Comment!...

HENRI.

Juste ciel! je t'implore!

LE COMTE.

Retiens tes cris! parle plus bas!
Veux-tu lui donner le trépas?

(On porte Émeline sur le devant du théâtre, et pendant qu'elle revient à
elle, tous trois chantent à voix basse en la regardant.)

ENSEMBLE.

Son teint renaît... elle respire!
Sa force est près de revenir.
Tout doucement elle soupire,
Ses yeux bientôt vont se rouvrir.
Voyez, voyez, son sein palpite!
Oui, le ciel vient à son secours.
Plus vivement son cœur s'agite...
Ah! plus de crainte pour ses jours!

LE COMTE, *la laissant dans les bras de Henri.*

Quel moment! ah! cachons mes larmes!

HENRI, *à Émeline.*

C'est moi, dissipe mes alarmes!
Que ta voix rassure mon cœur.

ÉMELINE, *très faiblement.*

Henri!...

HENRI.

Ton ami!...

ÉMELINE, *cherchant ses idées.*

Ma frayeur!

MADAME PÉVERIL.

Pourquoi?

ÉMELINE, *rencontrant les yeux du comte.*

De milord la colère...

HENRI, *étonné.*

Comment?...

LE COMTE, *à Émeline.*

Calmez-vous.

ÉMELINE.

Ah! milord!...

(Le comte lui fait signe de se taire.)

HENRI, *regardant son oncle.*

Sur elle quel regard sévère!

MADAME PÉVERIL, *bas à Henri.*

Eh bien! est-ce là du mystère?

LE COMTE, *à Émeline.*

Pour faire oublier votre tort,
Songez à garder le silence.

HENRI, *redoublant de surprise.*

Milord, quelle est donc son offense?

LE COMTE, *à Émeline.*

Eh bien!...

ÉMELINE.

Je jure obéissance.

MADAME PÉVERIL, *à part.*

Quelle aventure est celle-ci!

LE COMTE, *à madame Péveril.*

Assez; ramenez-la chez elle.

HENRI, *voulant suivre Émeline.*

Souffrez que son ami fidèle...

LE COMTE, *le retenant.*

Restez, je veux être obéi.

TOUS QUATRE ENSEMBLE, *et à part.*

ÉMELINE.

Oh! cher Henri! que va-t-il dire!
Je vois, hélas! son désespoir.
C'est pour lui seul que je respire,
Il faut le fuir! cruel devoir!

HENRI.

Je crois rêver, est-ce un délire ?
Elle obéit à son pouvoir.
Comme le mien son cœur soupire.
Elle s'enfuit ! ô désespoir !

LE COMTE.

Que vais-je, hélas ! que vais-je dire
A cet amant au désespoir !
Celle pour qui son cœur soupire
Il vient ici de la revoir.

MADAME PÉVERIL.

Ah ! ma raison est en délire !
Eh ! quoi, jamais ne rien savoir !
Pour ce secret mon cœur soupire
Avec ardeur et désespoir.

(Émeline, conduite par madame Péveril, sort par la porte de la galerie.)

SCÈNE XIV.

LE COMTE, HENRI.

CHANT TRÈS VIF.

HENRI.

Milord, vous lisez dans mon ame.

LE COMTE.

Henri, mon secret est à moi.

HENRI, *s'animant encore.*

Mon sang et me brûle et s'enflamme !

LE COMTE.

Vos désirs sont-ils une loi !

HENRI.

Elle est chez vous ! c'est elle-même !

LE COMTE.

Soyez plus prudent et plus doux.

HENRI.

Ah ! rendez-moi celle que j'aime !

LE COMTE.

Silence, ou craignez mon courroux.

ENSEMBLE TRÈS VIF.

HENRI.

Quelle est donc votre puissance

Pour la garder en ces lieux,
Et sous votre obéissance
La cacher à tous les yeux?

LE COMTE.

Oui ! j'ai la juste puissance
De la garder en ces lieux,
Et sous mon obéissance
De la cacher à vos yeux.

SCÈNE XV.

LES MÊMES, MADAME PÉVERIL.

MADAME PÉVERIL, *dans le jardin et sonnant une cloche qui est en dehors.*

Au secours ! au secours !

LE COMTE ET HENRI.

Grands dieux !

MADAME PÉVERIL.

Au secours tout le village !

LE COMTE ET HENRI, *l'entraînant sur la scène.*

Parlez ! qu'est-ce donc ? quel effroi !

MADAME PÉVERIL.

Appelez tout le village !
Appelez ainsi que moi.

SCÈNE XVI.

LES MÊMES, PÉVERIL, VALETS ET TOUS LES VILLAGEOIS.

TOUS, *hors madame Péveril.*

Quels cris et quel tapage !
Et pourquoi cet effroi?

LE COMTE ET HENRI, *à madame Péveril.*

Parlez donc, du courage.

MADAME PÉVERIL.

Le plus grand des malheurs !...

TOUS.

Parlez !

MADAME PÉVERIL.

Au pavillon j'ai cru voir des voleurs.

TOUS.

Oh ciel!

MADAME PÉVERIL, *au comte.*

Ce sont des ravisseurs,
Et cette jeune dame est entraînée...

HENRI.

Oh! rage!

LE COMTE, *s'écriant.*

Mon épée!...

HENRI, *la lui donnant et tirant la sienne.*

Ah! milord!

LE COMTE, *l'entraînant.*

Venez, on nous outrage!

PÉVERIL *et villageois pendant qu'on apporte des flambeaux.*

Des flambeaux! courons tous.
Pauvre enfant! on l'entraîne.
Des flambeaux! hâtons-nous.
Suivons-les dans la plaine.
Ah! partons, hâtons-nous!
Courons tous, courons tous.

(Tous suivent le chemin par où sont partis le comte et Henri; madame Péveril seule qui est tombée toute pâle sur un fauteuil, les regarde partir
du fond du jardin et regagne ensuite à pas lents l'autre côté qui est
censé celui des autres bâtimens. Enfin, il faut que le public voie qu'elle
reste seule au château.)

FIN DU DEUXIÈME ACTE.

ACTE TROISIÈME.

SCÈNE PREMIÈRE.

VILLAGEOIS ET VILLAGEOISES, *revenant par le côté qu'ils avaient pris en sortant.*

CHŒUR.

Ah! les coquins! ah! quelle audace!
Venir troubler notre festin!
A table allons reprendre place,
Car nous avons encor du vin.

SCÈNE II.

LES MÊMES, MADAME PÉVERIL, *accourant par le côté des bâtimens du château.*

MADAME PÉVERIL.

Ah! les voilà!

CHŒUR.

Nous voici tous.

MADAME PÉVERIL.

Ah! parlez donc; quelle nouvelle?

CHŒUR.

Quoi! vous n'étiez pas avec nous?

MADAME PÉVERIL.

Eh non! dans ma frayeur mortelle
Je n'ai pu marcher sur vos pas.

CHŒUR.

Comment! vous ne savez donc pas?...

MADAME PÉVERIL.

Parlez, parlez.

CHŒUR.

Grande nouvelle!

MADAME PÉVERIL.

Eh bien?

CHŒUR.
La jeune demoiselle!...

MADAME PÉVERIL.

Eh bien?

CHŒUR.
Quel mystère étonnant!

MADAME PÉVERIL.
Ah! parlez! parlez à l'instant!

CHŒUR.
Sachez que cette jeune fille...

SCÈNE III.

LES MÊMES, PÉVERIL, accourant.

PÉVERIL vivement aux villageois.

Morbleu! si l'un de vous babille,
De milord craignez le courroux.
Allez à table et taisez-vous!

CHŒUR.
Milord ordonne qu'on se taise?

PÉVERIL.
Silence! ou craignez son courroux!

MADAME PÉVERIL, en colère.
Comment!...

PÉVERIL, à sa femme.
Oui, ne vous en déplaise.

MADAME PÉVERIL.
Oh! ciel! quoi, je ne saurai pas!...

PÉVERIL.
Comment! vous ne savez donc pas?

MADAME PÉVERIL.
Parlez!

PÉVERIL.
Ecoutez donc bien bas.

MADAME PÉVERIL.
C'est trop heureux!

PÉVERIL, à son oreille.
Demain, je pense,
Vous recevrez ma confidence.

MADAME PÉVERIL, *en fureur.*

Traître! j'étouffe de courroux!

PÉVERIL, *aux villageois.*

Allez à table et taisez-vous !

ENSEMBLE.

CHOEUR, *en sortant.*

Allons, allons, le temps se passe;
Rions, chantons jusqu'au matin.
A table allons reprendre place,
Car nous avons encor du vin.

PÉVERIL, *les conduisant.*

Venez, venez, le temps se passe;
Riez, chantez jusqu'au matin.
A table allez reprendre place,
Car vous avez encor du vin.

MADAME PÉVERIL, *en fureur et tombant sur un siége.*

Pour un mari, dieux ! quelle audace !
Il rit encor d'un air malin !
Ah! ciel! oser me dire en face
Demain, demain, toujours demain!

SCÈNE IV.

MADAME PÉVERIL *seule, tombant dans un fauteuil.*

Je n'en puis plus! il n'y a pas moyen de vivre de la
sorte! ma colère me tue! je sens que j'ai la fièvre!

SCÈNE V.

MADAME PÉVERIL, ROBIN.

ROBIN *arrive doucement et s'appuie sur le dossier du fauteuil de
madame Péveril.*

Eh bien! Qu'est-ce donc qui se passe dans cette maison,
bon Dieu?

MADAME PÉVERIL, *sans se lever et d'une voix dolente.*

Ah! Robin!... voici mon dernier jour!

ROBIN, *toujours très doucement.*

Oh! cette pauvre femme!... Mais enfin qu'est-il donc
arrivé ici?

MADAME PÉVERIL.

Ce qui est arrivé?

ROBIN.

Oui : dites-moi les nouvelles, ma cousine.

MADAME PÉVERIL, *se levant brusquement et en colère.*

Moi?... Allons, pour m'achever, voilà l'autre qui vient
me faire des questions!

ROBIN.

Écoutez donc! c'est que je suis tout bouleversé de ce
tintamarre, moi! quel tapage dans le bois! ça dérange
les promenades d'un garçon paisible et innocent comme
Robin.

MADAME PÉVERIL.

Oh! la bonne pièce! n'est-ce pas toi qui as fait enlever la
jeune personne?

ROBIN.

Ah! par exemple! moi, enlever des fillettes! et pourquoi
faire?

MADAME PÉVERIL.

Pour obéir à ton nouveau maître : tu m'as dit ce matin
qu'il était amoureux.

ROBIN.

Le baronnet Wilson? C'est vrai, mais il ne m'a pas ordonné d'enlèvement. J'étais seulement chargé par lui de
savoir le nom de l'étrangère. Je suis venu tantôt, je vous ai
parlé, ce n'est pas ma faute si vous n'avez rien voulu me
dire. Oh! vous avez mis un entêtement dans votre discrétion!...

MADAME PÉVERIL, *serrant les dents.*

Ah! tu me railles aussi!... Prends garde de te faire arracher les yeux!

ROBIN.

Oui, je vous le conseille! après qu'ils ont tant pleuré!
Oh! mon Dieu, que je suis malheureux d'être sensible
comme ça!

MADAME PÉVERIL.

Tu as pleuré, toi! et pourquoi?

ROBIN, *d'un ton dolent.*

Pardi! quand on se trouve dans une bagarre pareille!...

Les gémissemens de la demoiselle... les chevaux qui me passent sur le corps! Milord qui me promet cent guinées... moi qui tout aussitôt lui fais prendre un sentier pour le mettre en face des coquins!... les coups de pistolets, la jeune fille qui tombe sur le gazon et que j'emporte chez le garde-chasse! Milord triomphant, y arrivant bientôt avec tout son monde, et une blessure à la main! et enfin, cette pauvre petite, qui pour achever de me suffoquer, s'élance vers milord, en s'écriant d'une voix si douce! Oh! mais si douce!... si touchante!... (*il sanglotte.*) Ah! ah! ah!...

MADAME PÉVERIL, *très vivement.*

Achève donc, pleurard insupportable! La jeune demoiselle, voyons, qu'a-t-elle dit?

ROBIN.

Pardi! c'est tout simple! elle a dit : Ah! mon père!

MADAME PÉVERIL, *très fort.*

Comment, son père!

ROBIN.

Allons, faudra-t-il encore vous apprendre ça? Ah! que c'est fatigant les gens qui ne savent rien!

MADAME PÉVERIL, *dans la plus grande surprise.*

Sa fille! c'est sa fille!

ROBIN, *s'essuyant les yeux.*

Dame, s'il est son père, ça me paraît clair.

MADAME PÉVERIL.

Et alors, voyons, que s'est-il passé?

ROBIN.

Eh bien! le jeune officier s'est presque trouvé mal; Milord est devenu blanc comme la neige, sa voix tremblait; il a donné ses ordres. M. Péveril a renvoyé ici tout le village. M. Henri a ramené sa cousine dans le pavillon. Milord est resté seul avec moi et la femme du garde-chasse, qui a lavé sa blessure avec cette eau miraculeuse dont elle a le secret. Milord a pris mon bras, nous venons d'arriver; je m'égosille depuis un quart-d'heure à vous raconter mes aventures, quoique je n'aie pas encore soupé, et pour réveiller mon appétit, je viens vous demander un de ces gros baisers, qui je ne sais pourquoi, font enrager si fort ce bon monsieur Péveril.

MADAME PÉVERIL, *très joyeuse.*

Ah! mon ami, Robin! que me demandes-tu là!

ROBIN.

Comment?

DUO.

MADAME PÉVERIL.

Un baiser?

ROBIN.

Sans doute, un baiser.

MADAME PÉVERIL.

Un baiser pour un tel service!
Pour avoir fini mon supplice!
Je ne puis te le refuser.

ROBIN.

Ah! çà, tenez-vous donc en place.

(Robin se met à chaque instant en face de madame Péveril pour l'embrasser; mais dans sa joie, elle court sur le théâtre et fait des gestes qui dérangent toujours Robin.)

ENSEMBLE.

MADAME PÉVERIL, *s'agitant.*

Oh! de la meilleure grace
J'en donnerais jusqu'à dix.
Il est juste qu'on embrasse
Le meilleur de ses amis.

ROBIN, *la suivant.*

Mais tenez-vous donc en place,
Arrêtez quand je vous suis;
Il faut être face à face
Pour s'embrasser en amis.

MADAME PÉVERIL, *courant toujours.*
Oh! mon Dieu quelle nouvelle!

ROBIN.
Marchez donc plus doucement.

MADAME PÉVERIL.
Mais pourquoi se cache-t-elle?

ROBIN.
Ne gesticulez pas tant.

MADAME PÉVERIL.
Voilà donc ce grand mystère!

ROBIN.

Jarni! donnez-moi la main.

MADAME PÉVERIL.

Quoi ! cette belle étrangère !...

ROBIN.

Ah ! m'attendrez-vous enfin !

ENSEMBLE.

MADAME PÉVERIL, *s'agitant toujours.*

Ah ! de la meilleure grace
J'en donnerais jusqu'a dix.
Il est juste que j'embrasse
Le meilleur de mes amis.

ROBIN.

Mais tenez-vous donc en place,
Arrêtez quand je vous suis.
Il faut être face à face.
Pour s'embrasser en amis.

SCÈNE VI.

LES MÊMES, PÉVERIL (*le chant continue*).

PÉVERIL, *les voyant.*

Ciel! oh ciel! quelle insolence!
D'un mari braver la loi !

MADAME PÉVERIL.

Ah ! c'est par reconnaissance.

ROBIN.

Elle allait mourir sans moi.

ENSEMBLE TOUS TROIS.

PÉVERIL.

Se peut-il ! quoi l'on s'embrasse !
Ah ! mon Dieu ! quel jour pour moi !

MADAME PÉVERIL.

Oui, vraiment, oui, je l'embrasse!
Et mon cœur m'en fait la loi.

ROBIN, *à Péveril.*

Vous devez me rendre grace,
Elle allait mourir sans moi.

SCÈNE VII.

LES MÊMES, LE COMTE.

LE COMTE.

Quel bruit !

LES TROIS AUTRES.

Ah ! ciel ! c'est monseigneur !

PÉVERIL, *à part.*

Ah ! j'étouffe de fureur !

ROBIN, *pleurant.*

Milord, protégez-moi, de grace !
Vous savez mon zèle pour vous.
Il veut me battre, il me menace,
Et de sa femme il est jaloux.

PÉVERIL, *bas.*

Te tairas-tu, langue maudite !

MADAME PÉVERIL.

Oui, monseigneur, il est jaloux.

LE COMTE.

Le sot !

ROBIN, *tirant un flacon de sa poche et le posant sur la table à
gauche.*

Ma présence l'irrite.
Et cependant je viens ici
Porter cette divine essence
Qui vous a déjà réussi.

LE COMTE, *à Robin, désignant Péveril.*

Demande-lui ta récompense,
Et qu'il te la donne à l'instant.

PÉVERIL, *à part.*

Ah ! que j'enrage !

ROBIN, *à Péveril.*

Mon brave homme,
Venez, je vous dirai la somme.

LE COMTE, *à part sur le devant du théâtre.*

Henri va venir ! quel moment !

PÉVERIL, *à part.*

Lui donner encor de l'argent !

MADAME PÉVERIL, *à son mari.*

Allons, venez de bonne grace.

8

ENSEMBLE.

LE COMTE, *à part.*

Dans mon cœur ce qui se passe,
De partir me fait la loi.
Je ne peux lui faire grace;
Demeurons maître de moi.

PÉVERIL, *sortant.*

Se peut-il! ah quelle audace!
D'un mari braver la loi!

MADAME PÉVÉRIL, *sortant.*

Je devais lui rendre grace
D'avoir eu pitié de moi.

ROBIN, *sortant, à* Péveril.

Vous devez me rendre grace;
Elle allait mourir sans moi.

SCÈNE VIII.

LE COMTE, *pâle et abattu; il a la main droite blessée et enveloppée d'un mouchoir.* HENRI.

HENRI, *arrivant très vitement.*

Ah! milord! je vous retrouve seul et j'en bénis le ciel!...
Je la quitte à l'instant; elle m'a tout appris.

LE COMTE, *avec calme.*

Eh bien! que voulez-vous encore?

HENRI.

Tomber à vos genoux, et vous supplier de nous rendre
à tous la paix et le bonheur.

LE COMTE.

C'est mon projet. Vous serez contens tous les deux.

HENRI.

Se peut-il?

LE COMTE.

Oui ; cette aventure a découvert le secret de mes peines
et vous a fait retrouver Emeline ; l'amour est votre unique
loi, il suffit. Emeline sera votre femme, j'y consens.

HENRI.

Qu'entends-je!... et c'est vous, milord, c'est son père
qui guidera ses pas vers l'autel?...

LE COMTE.

Son père?... elle y a renoncé.

HENRI.

Eh quoi!...

LE COMTE, *toujours avec calme.*

Ne m'interrompez pas. Je vous laisse à tous deux ce
que je possède en Angleterre; pour moi, je pars demain;
il me reste une habitation que j'ai fondée au-delà des
mers, où je vous prie de me laisser vivre et mourir
tranquille.

HENRI.

Grand Dieu!... vos bienfaits sont un outrage! c'est vous,
c'est votre cœur que nous voulons pour richesse! Ah!
prenez pitié de ceux qui vous aiment! et que les larmes, la
douleur de votre fille!...

LE COMTE, *avec une sensibilité progressive.*

Henri!... vous parlez de douleur et de larmes?... Eh
bien! savez-vous, pourrez-vous jamais comprendre ce que
j'ai souffert moi-même? Vous ignorez tous les sentimens
de joie ou d'infortune qui peuvent remplir le cœur d'un
père!... La naissance de mon enfant, ses premières années,
sa grace, son sourire, ses naïves caresses commencèrent
mon bonheur, et son adolescence me fit connaître enfin
tout ce qu'on peut trouver de charme dans la vie. En pres-
sant doucement ma fille sur mon sein, j'oubliais les fatigues
de la guerre, et j'étais soulagé du fardeau de mes titres et
de mes honneurs; les orages d'un hymen mal assorti se
dissipaient au son de sa voix innocente; mes projets, mes
jouissances, tout mon avenir, se rattachaient à ma fille!...
Et quand l'ingrate m'a quitté, a déchiré mon cœur, hu-
milié ma tendresse, elle veut un pardon, revenir dans mes
bras, pour m'abandonner sans doute encore!... Non,
non, j'ai trop souffert, vous dis-je; je ne veux pas réveiller
mes tourmens, je suis fait à mon sort; laissez-moi vivre
seul; restez, restez près d'elle, et courez-lui porter mes
volontés irrévocables.

HENRI.

Oh ciel!

LE COMTE.

Allez.

HENRI.

J'implore son pardon !

LE COMTE.

Je ne puis.

HENRI.

Sa mère l'appelait.

LE COMTE.

Je l'aimais davantage.

HENRI.

Elle était si jeune !

LE COMTE.

Elle avait quinze ans.

HENRI.

Ah ! si vous l'écoutiez !

LE COMTE.

Non.

HENRI.

Un instant !

LE COMTE.

Non, vous dis-je.

HENRI.

Quel désespoir pour elle !

LE COMTE.

Allez, obéissez.

HENRI.

Milord !...

LE COMTE.

Laissez-moi ! je le veux.

HENRI, *sortant.*

Ciel ! que vais-je lui dire !

SCÈNE IX.

LE COMTE, *seul.*

Oui, partons, il le faut. Deux fois, aujourd'hui, j'ai senti que ce cœur offensé n'avait plus de courage. La fierté d'un père est plus faible que son amour. Ah ! je le sens, jamais je ne l'ai tant chérie ! et si je la revoyais encore !...

SCÈNE X.

LE COMTE, MADAME PÉVERIL.

LE COMTE.

Qu'est-ce donc? je voudrais être seul.

MADAME PÉVERIL, *posant sur la table à gauche une lampe de porcelaine, surmontée d'un petit vase.*

Pardon, milord, je venais voir si rien ne manquait dans votre appartement, (*elle désigne la porte à droite.*) et pour panser encore votre blessure j'apportais ici...

LE COMTE.

Je vous remercie, madame. Fermez les portes de la terrasse; emportez ce flambeau, il fera jour dans une heure, et je veux seulement me reposer dans ce fauteuil.

MADAME PÉVERIL.

Quoi, monseigneur! après avoir passé deux nuits entières sur la route!

LE COMTE.

Il est vrai, je suis harassé, mais quelques instans me suffiront. Allez... surtout rappelez bien mes ordres à M. Péveril; au point du jour ma voiture prête, et qu'on ouvre ces portes pour m'éveiller.

MADAME PÉVERIL.

Est-il possible! votre seigneurie veut repartir, à peine arrivée? Et miss Emeline? et son cousin? et?... et?...

LE COMTE, *sévèrement.*

Plaît-il, madame?

MADAME PÉVERIL, *reculant.*

Rien, milord, je m'en vais. (*à part.*) Je ne sais pas s'il y a dans les trois royaumes une maison de fous comme celle-ci.

(*Elle sort, emporte les bougies, ferme toutes les portes, et le théâtre reste faiblement éclairé par la lampe, qui est sur la table à gauche*).

SCENE XI.

LE COMTE, seul.

COMMENCEMENT DU FINAL.

LE COMTE, touchant à sa blessure.

Quelle est cette fièvre accablante !
Je ne puis plus me soutenir.
Je souffre !.. et ma faiblesse augmente ;
Je sens mes yeux s'appesantir.

(Il s'assied dans un grand fauteuil près de la table à gauche ; prend un coussin et y appuie son bras blessé.)

On dit que l'on oublie,
Hélas ! jusqu'au réveil,
Les chagrins de la vie
En cédant au sommeil.
Pour moi c'est un mensonge ;
Et depuis mon malheur,
Je ne puis faire un songe
Qui ne soit de douleur.

(Il s'endort peu à peu.)

SCENE XII.

LE COMTE, endormi, ÉMELINE, arrivant en tremblant par la porte de la galerie.

ÉMELINE, dans le fond, sans voir le comte.

Mon cœur doit s'armer de courage.
Pour décider mon sort je n'ai plus qu'un instant.
Sa tendresse est mon héritage,
Il me la doit ; entrons dans son appartement.
(Elle va vers la porte à droite.)
LE COMTE, en songe.
Ma fille !... hélas !... O mon enfant !
ÉMELINE, l'entendant.
Oh ! ciel !
(Elle s'approche du fauteuil très doucement et avec crainte.)

LE COMTE, *toujours en songe.*

Ma fille!... mon enfant!

ÉMELINE, *à voix basse.*

Il m'appelle! ô doux instant!

(*Elle voit qu'il dort, et s'éloigne tristement.*)

Mais le sommeil égare
Et sa voix et son cœur;
Et s'il est moins barbare,
C'est le fruit d'une erreur.
Ce tendre et doux mensonge
N'aura qu'un seul moment.
Hélas! ce n'est qu'en songe
Qu'il a dit: mon enfant!

(*Elle tire un papier de son sein.*)

Près de lui déposons ma lettre;
A son réveil il la lira, peut-être.

(*Elle pose sa lettre sur le coussin.*)

LE COMTE, *faisant un mouvement de souffrance.*

Ah!...

ÉMELINE.

Mais on voit sur tous ses traits
Et la pâleur et la souffrance.
Cette blessure... en prenant ma défense!...
Sa main brûlante!... oh ciel! si je pouvais!...

(Elle trempe son mouchoir dans la coupe qui est sur la lampe, s'age-
nouille et humecte la blessure du comte.)

LE COMTE, *encore les yeux fermés.*

Oui, dans mes bras!...

ÉMELINE, *toujours à genoux.*

Ah! je crois qu'il s'éveille!
Voici l'instant!... mon dieu! ne m'abandonnez pas.

(Ritournelle. Le comte fait un mouvement du bras qui n'est pas blessé.
Émeline toujours à genoux, se cache le visage, en laissant tomber sa
tête sur le coussin, et reste dans une immobilité complète.)

LE COMTE, *s'éveillant peu à peu.*

Mais qui donc veille ici pendant que je sommeille?
Quel trouble dans mon sein!... c'est elle, ô juste ciel!
Elle dort!.. à genoux!... auprès d'elle une lettre!...

(Il se lève doucement, s'approche de la lampe, et pendant qu'il lit, sa
fille placée un peu derrière lui soulève la tête, suit tous ses mouvemens
avec anxiété, et toujours à genoux. Les portes du fond sont doucement ouvertes par Henri, M. Péveril, madame Péveril, Robin et les
villageois.)

SCENE XIII ET DERNIERE.

LE COMTE, *lisant et attendri.*

« Rendez-moi ce cœur paternel;
« Il m'appartient dès ma naissance.
« Le mien, j'en atteste le ciel,
« Vous adora depuis l'enfance.
« Je crus obéir au devoir,
« Dans ce jour d'épreuve accablante.
« En vous quittant, le désespoir
« Déchira mon ame innocente.
« Ah! votre cœur doit vous parler!
« Une enfant qui n'a plus de mère
« Ne peut, hélas! se consoler
« Que dans les bras d'un tendre père! »

(*Se retournant.*)

Ah! mes pleurs!...

CHŒUR GÉNÉRAL.

Grace! grace! grace!

LE COMTE, *à Émeline.*

Ma fille!

ÉMELINE, *dans ses bras.*

Ah! je reprends ma place!

HENRI.

Que votre fils encore...

LE COMTE.

Oui, tous deux sur mon cœur.

TOUS TROIS.

Ah! je renais, je renais au bonheur!

VILLAGEOIS.

Ah! vive! vive monseigneur!

CHŒUR.

Par un doux mariage
Il unit ses enfans.
Un bonheur sans nuage
Charmera ses vieux ans.

FIN DU TROISIÈME ET DERNIER ACTE.

16

www.ingramcontent.com/pod-product-compliance
Lightning Source LLC
Chambersburg PA
CBHW060821180626
46818CB00002B/903